KB130224

영 시 암

영시암

—

초판 1쇄 2018년 8월 22일
지은이 황훈성
펴낸이 김영재
펴낸곳 책만드는집
　　　　계간 좋은시조

—

주소 서울 마포구 양화로 3길 99 4층 (04022)
전화 3142-1585·6
팩스 336-8908
전자우편 chaekjip@naver.com
출판등록 1994년 1월 13일 제10-927호
ⓒ 황훈성, 2018

—

—

ISBN 978-89-7944-662-3 (04810)
ISBN 978-89-7944-354-7 (세트)

책 만 드 는 집
시인선 113

영시암

황 훈 성 시 집

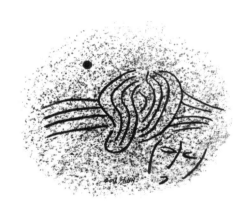

책만드는집

| 차례 |

1부

2부

3부

1부

2018 정난새

잠수 기술이 없나 보다

바다 속 깊이
기이한 보화가 넘쳐나는데
채취하여 물 위로 들어 올리는 순간
손바닥에 드러나는 건
조개껍질이나 진흙이 고작

잠수 기술이 없나 보다
마음속 깊이 고매한 사상이 넘쳐나는데
혀로 포착하는 순간
입 밖으로 튀어나오는 건
자기 허세나 아부가 고작
술자리에선 항상 그랬다

잠수 기술이 없나 보다
우물 속 깊이 그윽한 사랑이 넘쳐나는데
한 두레박 길어서 건네는 순간
두레박에서 부어지는 건
지천에 널린 도랑물
연애는 항상 혼탁했다.

올무

올무에 걸린 산짐승에게
영혼이 빠져나가는 시간은 지체된다
안타깝게도
죽음을 출산하는 난산이 길어지며
계곡을 저며 내는 신음 소리
단말마로 토막 지는
시간의 막대기 눈금
혼절 혼절의 매듭이
하나 둘 늘어간다
새벽이면 영혼이 빠져나간
산짐승은 나무토막처럼
올무에 걸쳐져 있겠지

그동안
올무를 친 밀렵자는
시골 허름한 주막에서
막걸리를 마시고 있을 게다
작부의 엉덩이를 치면서

애수의 소야곡을 부르고 있을 게다

새벽
사냥감을 걷으러 온 그의 눈에 들어오는 건
한 줌의 고깃덩어리
어젯밤 숙취로 머리는 지끈거려도
그의 양심을 찌르진 않는다
수 시간의 고통과 단말마는
고깃덩어리 어디에도
기록되지 않았기에
망태에 집어넣는다.

고독사

온 집 안을 뒤흔들며 진동하는
썩은 냄새로 통곡하는 시신
귀를 막지 않고
코를 막게 하는 곡소리

들은 이웃이 문을 따고 들어가니
영혼과 막 이별하고 웅크린
어깨를 들썩이며 설움에 북받쳐
흐느끼고 있는 한 시신을 발견한다

알코올에 전 영혼은
축축이 젖은 날개를 몸에서
가까스로 떼어내어 펼쳐서는
흐느적흐느적 날갯짓하며

알코올 병에 담긴
산삼 같은 몸뚱아리 팽개치고
영혼은 어두운 이승에서
캄캄한 저승으로 날아가 버리고

무엇이 한때는 첫사랑 열기로
사흘 밤을 지새우게 했던
빨간 뺨의 미소년을
알코올 병에 담가버렸는가

무엇이 첫아기 무등을 태우고
방을 몇 바퀴씩 돌며
환히 웃던 어린 아비를
알코올 병에 가둬버렸는가

시체는 말이 없고
영혼은 뒤돌아보지 않고
박쥐처럼 어둠 속으로 날아가고

고고성을 울리며
호수에 던져진 돌이 일으킨 파문
이내 기슭에 이르렀다.

유기견의 마지막 하루

유기견처럼 암매했다
다마쓰 트럭 개 우리 속에 갇혀서
나는 짖었다
누가 차에 다가오기만 하면
운전석의 개장수를 지키기 위해

개장수는 개 파시오 개 사시오
복날 전 한몫 잡으려 목청을 높였지만
당시 개 소리가 아니었으므로
무슨 말인 줄 몰랐다
다만 낯선 침입자에게 열심히 짖어
주인 개장수를 보호하려 했다

트럭의 종점이 보신탕집인 줄은
더더구나 몰랐다
이 집 저 집에서 개 동무들이 끌려 나와
합승을 하고 우리는 꼬리를 치켜들고
서로를 쳐다보며 더욱 신나게 짖었다

그렇게 하루해가 저물고 우리는
읍내의 커다란 음식점에 닿았고
주인은 두툼한 돈뭉치를 받고
껄껄
우리도 으쓱해져
꼬리를 좌우로 마구 흔들며
컹컹.

파장 노름판

가난한 인생
저어기 바지 왼 주머니
꼭 쥐고 걸어가는 노숙자
허름한 바지 주머니 터져
동냥 받은 오백 원짜리 세 개
동전 샐까 봐
꼬오옥 쥔 왼손
화알짝 펴진 얼굴
참이슬 한 병 사러 슈퍼 가는 길
허벅지 신경 쓰느라
왼 다리까지 절뚝거린다

가난한 인생
주머니는 다 터져버리고
탈탈 털린 인생인데
동전 세 개에
온몸이 굳고 뒤틀려
절뚝절뚝 걸어가며

나도 알량한 동전 세 개
돈
힘
이름
바지 주머니로 샐까 봐
절름발이 인생을 살아왔네

노름판에
오백 원짜리 동전 세 개로
이리저리 메꾸며 살아왔는데
파장 무렵 끗발은 안 붙고
이제 판돈마저 날리게 됐으니
날 샜네.

깨어진 눈독

폐철문에 눈독을 던지지 말았어야 했는데
리어카로 들어 올리는 순간 시큰
허리께 뭔가 뜨끔
깨어지는 통증

일 킬로에 80원
폐지나 폐골판지 가격이 허망해져
폐철문 한 짝에 눈독을 던졌는데
깨어지는 눈독

눈에 넣어도 아프지 않을 아이들
포시러웠던 봄날
바른생활 교과서 반듯하게
다리미로 다려서 학교 보낸 아이들은 이제
늦가을 비바람에 쓸려 나간
주소 불명의 낙엽들
꾸겨진 인생
리어카엔 물먹은 폐지만 잔뜩

남은 겨울 언덕을
끌고 올라가야 한다
차가운 구들목이 놓인
마지막 안식처까지.

운동권 역사

지구가 늙어져 공룡이 조류로 진화하듯
그도 나이를 먹더니 새로 퇴화했다
티라노사우루스처럼 광장에서
불을 뿜으며 사자후를 토하던 그가
눈치 보며 모이를 쪼고 있다
완전 새 되어 땅만 쳐다보네
땅바닥 모이는 줄고
마음속 겁은 늘어
겁과 모이를 번갈아 찍어 먹는 새

황무지를 일구어 농사를 짓자던 그
황금 알곡을 우리 힘으로 수확하자며
알통을 보여주던 그
새 되어 모이를 쪼고 있네
공룡이 조류로 진화하듯
시간이 흘러 진화한 인류
세월이 흘러 퇴화한 인간
마구 뒤섞여 흙탕물로
역사는 흐른다.

모기

탐관오리가 의관도 제대로 챙기지 못 하고
이 벽에서 저 벽으로 줄행랑을 친다
아랫배 가득 고혈을 채우고
금준미주에 취해
혼미한 정신으로 벽 구석에 달라붙는다
손에 피 묻히기 싫어
책받침으로 일격을 가하니
천인혈이 낭자하다.

정년퇴직

도시는 붐비고
이식된 가로수는
마냥 피곤하다

서류 가방을 들고
넥타이를 매고
일렬횡대로 도열한 가로수들

빌딩 사이 하늘은 너무 작아
손바닥 하나로도 가려지는데
녹색 손수건을 팔랑거리는 가로수들

키 작은 가로수들
아슬아슬 발돋움해보나
팔을 뻗치기엔
턱없이 높은 빌딩

가을은 깊어가고

푸른 꿈은 바래가고
어느덧 모두들
낙엽을 떨굴 시절.

한국 현대시

차가 서버렸다
견인차가 왔다
견인줄로 찰칵 채우는 순간
차가 움직인다
죽었던 단어 하나가
상상력에 찰칵 채워지면서
시가 움직였다
엔진도 없이
시가 써진다
한국 시단엔 견인된 시가
쌓여 있다.

현무 뱀

중독은
그 짓거리를
다시 저질러야만
사슬에서 벗어나
태풍의 눈 속이나마
한시적 해방과
일시적 평안을 느끼지 허나
이내 밀려오는
갈증의 폭풍우
고군분투로 흠뻑 젖은
식은땀의 손길을 뻗칠 수밖에 다시
제 꼬리를 잘라 먹는 현무 뱀처럼
잘라 먹고 잘라 먹고
몸뚱아리마저 먹어치우고 나는 순간
자신의 얼굴과 대면하게 되리니
중독의 끝은
몸통 없는 자기를
망연자실로 쳐다보기.

어느 자본가의 초상

마누라만 빼놓고 다 바꾸라던 사람
자신은 침대에 묶여
미동도 않고
바꿀 생각도
사람 구실도 못 하고
동물에서도 미끄러져
식물과 동물 사이에서 계속
망설이는 식물인간

살아생전
초식동물들을 사냥하는
맹수족이었던 그가
이제 초식동물의 먹이로
바뀌었으니
세상은 또 한 바퀴 돌아
제자리로 왔구나.

장자와 잠자

장자는 고향이 꽃밭이어서
나비가 되고
잠자는 고향이 하수구라서
벌레가 된다
나비는 꽃향기에 취해 있고
벌레도 누이의 바이올린에 젖어든다
음악의 귀를 가진 벌레는
아는 만큼 더욱 불행하다
찌르면 그냥 꿈틀거려야
행복할 텐데.

침엽수 숲 위의 보름달

침엽수 가시에 찔려서
터트려지지 않고 둥실
숲 위로 솟아오르는
보름달처럼 살자

세상의 가시들은 지독하지
풍선은 취약하지
가시에 찔려 바람 빠진 인생
날아가기는커녕
일어설 수도 없어
굴러다니는
서울역 지하도
찌그러진 화상들
막소주에 절여놓은 그믐밤들
칠흑 같은 밤
담벼락 더듬으며 가는 밤길
마음속 아련한 보름달의 기억
어머니

첫사랑
첫아이

아직도 삶의 가시에 박힌 채.

썩을 것들 밥은 먹고 다니냐

부스럼이란 시체만 남겨놓고
사라진 아픔이여
너는 어디에

주름살이란 시체만 그려놓고
흘러간 청춘이여
너는 어디에

돈지갑이란 시체만 떨어트리고
말라버린 인정이여
너는 어디에

손목에 흉터만 새겨놓고
떠나간 사랑이여
너는 어디에

양지쪽 봉분만 쌓아두고
먼 길 떠난 나의 임이여

너는 어디에

아름다운 것들은 향기처럼 날아가 버리고
썩을 것들
지상엔 허접쓰레기만 가득
이 썩을 것들과 부둥켜안고
한세상 건너야 하네
밥줄을 챙기기 위해.

날 샜다

날 샜다
튀자는
말은 도둑 심보이고
새벽 도둑 비명이다
우리말이 아니고
저쪽 동네 비명이다
우리는 날 새고 동트면
개명천지가 밝아오니
우리 세상이 오는 것이고
어깨춤이 날 일이지
튈 일이 결코 아니다
어둠의 무리들에게
밤새 오들오들 떨며
짓눌려 살아왔는데
이제 어깨 펴고
한번 붙어볼 일이지
튈 일이 결단코 아니다
날 샐 일도 튈 일도 아니다.

내가 지은 꿈 세상

백주에 인파 속을 걸으면
아는 사람이 없다
꿈속을 걸으면 도처에
그리운 얼굴들이
웃음을 지으며 다가오는데
내가 만든 꿈 세상과
남이 지어준 바깥세상은 이토록
다르구나
인간은 슬픈 존재 한평생
자기 세상만 그리면서도
남이 그려놓은 세상을
걸어가야만 하니
그리다가 죽어야 하니.

그는 등 뒤가 항상 시리고 무섭다

그는 등 뒤가 항상 시리고 무섭다
친구는 등 뒤가 따뜻하고 든든해
굵은 밧줄이 던져지곤 했지
그걸 잡고 앞으로 위로 종횡무진 나아갔는데

밧줄 없이 날개 없이 맨발로
앞만 보고 달려가는 시린 그의 등 뒤론
대형 트럭이 덮칠 듯 밀어붙이고
비수들은 금방이라도 꽂힐 듯 스쳐 지나간다

그는 등 뒤가 항상 시리고 무섭다
앞만 살펴도 어지러운 세상
등 뒤를 보느라 앞뒤 좌우로
숨 가쁘게 고개를 돌리며 나아가는
등 시린 사람
목덜미 굳어오며
눈마저 시려진다.

2부

첫사랑

뜰 앞의 장미
아름다운 나비
향기로운 꿀벌들이
수없이 날아와
스쳐 지나갔으나
입술 오므리고
가슴 닫았던
꽃봉오리

어느 날
나비도 꿀벌도 날아오지 못한
봄비 흩뿌린 밤을
깨트린 첫 햇살에
터져버린 장미꽃
꽃 대궁을 타고 오른 진딧물에
첫눈에 빠져
처음으로
사랑하게 되었네.

영시암

산을 사랑하는 사람은
사랑하는 사람을 버려야 한다
산을 떠나야 사람이 있고
사람을 떠나야 산이 있다
영시암 건너편 계곡 살던
황보 씨의 비극은 사랑의 씨앗인
자식을 가지면서 비롯했다
자식은 교육을 시켜야 하고
마누라는 사람 속으로 들어가
술장사를 하여 자식 교육을 시켰고
마누라는 탐스런 미녀이고
군인들은 탐을 내고
한 군인과 눈이 맞아
산으로 돌아가지 않고
아이들 데리고
아예 사람 들끓는 대처로
야반도주해버렸네
홀아비 황보 씨는 아직도

영시암 건너편 계곡에서
이미 영원히 시위를 떠나간 마누라를
기다리며 양지받이에서 졸고 있네
발 없는 바위처럼
내린천에 그림자를 늘어뜨리고.

누군들 말의 목을 베고 싶지 않겠소

누군들 말의 목을 베고 싶지 않겠소
술에 취한 주인을 실은 말은
주인 속내 흐르는 대로
발 가는 대로
천관의 집에 이르렀지
말은 발에 지나지 않아
안장에 앉은 주인이 몸인 거지
몸 가는 대로 발 가서
천관의 집에 이르렀는데 어이없는
주인은 칼을 쳐들어 말의 목을 치곤
자기의 발길도 끊어버리네

누군들 말의 목을 베고 싶지 않겠소
취한 주인은 말을 재촉하고
술 깬 주인은 말의 목을 치니
말은 두 주인을 태우고 아뿔싸
여기 사지에 이르렀구나
인간도 아닌 동물이 어찌

두 마음을 짐작이나 했겠소

누군들 말의 목을 베고 싶지 않겠소
세상에 천관은 지천으로 널려 있지
술
담배
게임
여자
하루에도 수십 번 칼을 휘둘러
끊고 끊어도
자고 나면 또 목을 껴안으며
교태 부리는 천관 천관들
천관이라도 없으면 그래
이 세상에 무슨 재미로

오늘도 두 주인을 태운 말은
천관의 집으로 발을 옮기는데 과연
술 깬 주인이 말의 목을 칠 수 있을 것 같소?

짝사랑

예쁜 그녀가 장딴지를 긁으면서
수학 문제를 풀고 있다
다리에 눈도 안 돌리고 노는 손으로
장딴지를 긁고 있다
장딴지 물것도 나처럼
화가 났을 것이다
무심한 손길에
무참히 상처를 입고
땅에 떨어져야 하니
아무리 적이라도 적장의 눈초리를
정면으로 응시하고
진검 승부를 일합 겨룬 후
장렬한 최후를 맞고 싶은 게
그 물것의 소망인데
입술이 바싹바싹 타는 내 사랑을
쳐다보지도 않고
노는 혀
놀고 있는 마음으로

집적여보며

긁적거리고 있는 그녀의 사랑

마침내 땅으로 떨어지는 내 사랑 물것.

어처구니없는 부부

어처구니는 명석하고 조리 있는
꽤 괜찮은 청년이었는데
천생배필이 하필 업년이라
항상 어처구니없는 결혼 생활을 하게 되었다
그 둘은 서로 사랑했고
남들 눈엔 어처구니없지만
행복하게 살았다
사랑은 원래 어처구니없이
다가오고
물들고
불타고
꽃 피고
열매 맺는 법인데
요즘 세태는
어처구니 있게
돈도 달아보고
집안도 맞춰보고
재고 또 재고

다시 재고 하여
재고품 되기 전
웨딩마치를 올리나
인생 자체가 애당초
어처구니없는데
무슨 어처구니를 찾으려
쏘다니는가?

천상의 음악

송강은 술잔에 술 방울 떨어지는 소리가
율곡은 어린애 책 읽는 낭랑한 소리가
오성은 달빛 희미한 침상 끝 여인의 옷 벗는 소리가
이 세상 최미의 음악이라 하였다
불면의 새벽
가위로 눌러지고 토막토막 난 잠
식은땀에 절여진 배추로
침대에 널브러져 있는 새벽
희뿌연 유리창의 여명이
죽음의 장막을 걷어 갈 때
침대 동무가 홀연 정적을 깨고
이불을 뒤척이며 내는 인기척
부스럭거리는 사람 소리가
나에겐 천상의 음악.

벚꽃

겨울이 다 지나간 줄 알았더니
봄 정원에 하얀 눈꽃이 피었네
눈꽃 송이들 봄기운에 녹지 않고
날마다 부풀어 올라
꽃 사태를 일으키다
마침내 하얀 눈송이들
하늘하늘 흩날리네
얼음 속에서 피어나던
봄꽃을 보고
당신의 겨울 속에 숨어 있던
봄 향기를 진즉
느꼈어야 하는데
벚꽃을 눈꽃인 양 두려워
만져볼 엄두도 못 내고
허랑파랑 봄 한 철
천치마냥 흘려보냈네.

당신을 향한 기도란

우물물 길어다
항아리에 갖다 붓는 것
모든 걸 잃어 텅 빈
당신만의 항아리를 채우는 것
동여맨 내 마음의 두레박 끈을 풀어
연민의 우물로 내리면 철썩
두레박과 우물물이 울리는 공명
넘쳐흐르는 마음의 물방울들
흐르고 새지 않도록
조심조심 끌어 올려
한 두레박 항아리에 부으면
하늘도 비추고
구름도 흐르나
가득 채운 그대 항아리
별빛이 내리는가는 하늘의 뜻.

공즉시색

도시에서는 당신과 같이 살아도
길거리 딴 여자들만 온통 눈에 들어오더니
여기 산촌에서는 물과 산밖에 없고
당신도 없고
낮에는 볼 수 없는 당신
내 꿈에 나타나
온통 당신과 온 산야를 쏘다니네
없어야 있는 공즉시색인가?
있어도 없는 색즉시공인가?
빈자리로 비어 있는 병
채워달라고
목을 길게 내빼는 병
내 그리움을 쏟아부으면
우리 사랑도 이내 흘러넘치겠지.

춘래불사춘

춘래불사춘
봄은 와도

마른 나뭇가지
꽃은 피지 않고

구름 낀 하늘
태양도 숨어버렸다

돈은 넘쳐흐르나
젊음은 가뭄

봄 나무에 올려줄
수액도

먹장구름을 날려버릴
바람도 피우지 못한다

봄은 봄이되
봄이 아니다

봄 팔아 돈 사는
봄 처녀도 없어

지팡이에 의지한
지팡이가 돈을 여의고

마지막 산모퉁이를
돌아서 간다.

우리의 보름달을 위해 건배

친구가 먼 타향에 있다고
우리 술잔을 부딪칠 때까지
기다리느라 금주를 해선 안 되네
내 마음 조각들이 그나마
몇 개씩 박혀 있는 친구들이랑
술을 가끔 마시게
한 달 내내 떠오르는 보름달이
어디 있는가
초승달과도 한잔하고
반달과도 잔 부딪치고
그러다 보면 탐스런
우리 보름달 건배가 언젠가
터져 나오겠지

오늘에사 밤하늘 중천엔
휘영청 보름달이 솟았는데
너와 나는 타향에서 각기
초승달 그믐달과 술잔을 나누고 있구나

차고 기우는 달 속에
기울이는 술잔
따르는 술병에
채워지는 술잔
잔 들어
옆자리 그믐달
높이 들어
하늘 중천 보름달
감싸서 들며
타향의 보름달 위해
건배를 외치자꾸나.

꿈의 술자리

고맙네
꿈속에 자주 왕림해주어,
쥐꼬리 같은 퇴직금으로
술추렴하기도 버거운데
어젯밤엔 노량진 수산시장에서
참돔회랑 꽃게탕이랑 푸짐하게 한 상 차렸네
계산이 솔찬히 나왔을 텐데
깨고 나니
술도 다 깼고
계산 다 끝났다네
주머니엔 묵직하게 아픈 영수증도 없고
담엔 호텔 참복 먹으러 가볼까?
호시절에 우리가 여기저기 몰려다닌 게
고맙네
지나치는 친구만 사귀었다면
꿈속 초대는 꿈도 못 꾸지
니가 없었다면
꿈속 포장마차에서

외로운 영혼이 혼술 들이붓고 있겠지
오뎅 국물 홀쩍이며
아무튼
고맙네.

당신의 이름

필기구가 떨어진 당신은
내 연필을 받아
당신 이름 석 자만을
또박또박 박습니다
동사도 목적어도 없이
단아하게 서 있는 당신의 이름만으로도
출렁대는 바다
그리움의 물결은 더욱 거칠어지고
나는 배 밑창 해묵은 적재 화물들을
배 밖으로 내던지기 시작했습니다
과거로부터 치유되는 마음
동사로 형용사로 변신을 거듭하는
당신 이름이 폭풍우를 몰고 온 까닭입니다.

친구야 친구야

내가 죽으면
니도 죽는다
아이가
우리가 알라가
자중해라 지발
이 또한 지나갈 것이니
잠시만 혼자 덮어써라 지발
나중에 누가 또 니를 구해주겠노?
참자 참아 지발
아이고
돈을 잃는 건 조금 잃는 거지
니 돈 말이야
나는 돈 명예 권력 모두 가졌으니
막대하게 잃는다
아이가
자네가 잠시 참으소
아이고
친구야 친구야.

누구나 땅꾼이 될 순 없다

어느 모임을 가도
뱀 한두 마리는 섞여 있지
습한 모임일수록
돈 냄새가 축축이 배어 있는 바닥일수록
수다스러운 무자치나
무던한 능구렁이야
스틱으로 밀쳐버리면 그만이지만
줄곧 머리를 숙이고 경청만 하면서
똬리를 틀고 있는
과묵한 뱀이야말로 조심할지니
머리를 치켜드는 순간
독아와 쌍혀를 드러내니
살모사를 조심할지니
어설픈 장비로 땅꾼 흉내 내다
손목 물리지 말고
성한 손목으로 예의 바르게 악수를 하고
자리를 뜨곤 다시는 나가지 말아야
땅꾼이 아닌 이상

독뱀들과 상대하여
안 물릴 재간이 있겠는가
독뱀이 있는 사교 모임엔 모름지기
발을 끊어야 한다
누구나 땅꾼이 될 순 없다.

삼일로창고극장 간판에

삼일로창고극장 대문짝에
예술이 가난을
구제하진 못해도
위로해줄 수 있다
라고
그렇다고?

명동 중심 상가 창고엔
수입 브랜드가 가득한데
명동 변두리 창고극장은 텅텅 비어
기계충같이 드문드문 자리 잡은 관객 무리들
뒤렌마트의 노부인의 방문
명동 수입 모피 코트와
외제 명품 백을 든 노부인이
창고극장 무대에 올라
돈을 줄 테니
돈 없는 옛 애인의 목숨을 빼앗으란다
창고극장 단막 배우들은

우정이 주는 값싼 위로보다는
값진 안락을 위해
가난을 직접 구제하기 위해
친구의 목에 칼을 댄다

돈이야말로
가난을 구제할 뿐만 아니라
위로도 해준다.

엉덩이 없는 영혼

초겨울 수은주가 급강하하고
한파가 몰려오면
우리는 일단 문을 걸어 잠그고
베란다 커튼을 반쯤 열고
새파랗게 질린 나목들
떨고 있는 가지들을 멍하니 바라본다

친구의 갑작스런 부음이 전해지면
우리는 일단 맘의 문을 걸어 잠그기에
슬픔이 솟아나지도
눈물이 흐르지도 않는다
세상사란 유리창과 그에 달린
어차피란 커튼을 반쯤 열고서
그런 거지 뭐
바깥 정원을 물끄러미 지켜볼 따름
지켜주지도 못했으면서

계절이 바뀌고

혹한의 기억도 사라지고
우연히
오래간만에 들른 그 단골 술집에서
죽은 친구의 등짝과 옆 뿔테 안경을 본 순간
소스라치며 일어나다
털썩 주저앉는다

순간
커튼이 찢어지고
유리창이 깨어지며
맨발로 뜰을 나선다
앙상한 영혼의 가지를 얼싸안는다
여기는 우리 단골 술집
우리 엉덩이로 맨들맨들해진
의자는 고스란히 남아 있는데
너는 엉덩이도 없는 영혼으로
건배를 하는구나.

세상은 나쁜 것들로 가득 차 있어

세상에는 좋은 사람보다
나쁜 사람들이 훨씬 많으니
얘야
호들갑 떨며 다가갈 필요는 없단다
너 정도 너이기만 하면 돼
그냥 탁자 위에 놓인 그대로
상대방에게 보여주면 되지
썩은 과일이라면 물론
접대 예의상 그 부분은 도려내고
접시에 담아야겠지만
자두를 수밀도인 양
호들갑 떨 필요는 없다는 거지
제각기 과일마다
독특한 맛을 풍기게 마련이고
상대방의 기호도 독특하길 기대해야겠지
대기는 나쁜 사람들로 가득 차 있어
때로는 마스크를 써야 한단다
향기를 발산하지 못한다고 안달 내지 마라

독성 가스를 내뿜지 않는 것으로도
상대방을 정중히 대접한 거야
세상은 항상 나쁜 것들로 가득 차 있으니까.

사춘기

비뚤어진 봄에 덴 엄마처럼
봄 나무는 꽃을 품기가 싫은 거지
꽃대는 가늘어
꽃 한두 잎 얹을 정도인데

봄꽃은 날마다
부풀어 오르는 반항아
달고 있기에 너무나 큰
꽃송이

휘어진 목과 어깨
어서 꽃샘추위가 몰아치길
변덕스러운 돌풍으로
꽃잎이 후드득
때아닌 봄비에
꽃비로 모두 떨어져 내리길

그리고 나의 사랑 나의 자랑

연초록 새잎이 옹알옹알
돋아나길
눈에 넣어도 안 아플
내 새끼로 다시 돋아나길

봄의 빨간 신열이 가라앉고
파란 여름 잎으로 무성해지길
두 팔 뻗쳐 기도 올리는
호삼월 봄 나무.

출항 엽서

애들아
내가 닻을 올린다고
슬퍼할 필욘 없다
나의 현 실태와
나의 이상태의 DNA
결합체가 너희들이니

너희들 부두에 두고
내가 먼 항해를 떠난다고
내가 떠나는 게 아니야
승선하는 건 허수아비고
나는 너희들 속에서 또 새롭게
자라고 낄낄대고 있을 게다
우유를 쏟고서 낄낄대던
어릴 적 너네들 모습으로

나보다 더 나인 인간이 너희들 아니냐
눈물을 흘리지 마라

오히려 짜증을 부려라
신세를 지는 것에 대해
나의 삶은 반 토막이었고
좋은 반 토막과는 조화가 부족했지
이상과 DNA는 다른 법
그러나 우리의 결혼에 의해
DNA 결합이 이루어졌으니
너희들은 우리의 완전 이상태
허수아빈 출항시키고
앞으로 잘 살아보자
ㅎ ㅎ.

대장부

물처럼 아름다운 그는 머리 숙여
낮은 곳으로만 흐르고
담겨지는 그릇마다 기꺼이
제 몸을 바꾸어준다

허나
아무리 큰 바위라도
불의엔 돌아 흐르지 않는다
마음을 겨울 혹한으로 몰아세우고
꽁꽁 얼린 몸으로
틈새로 스며들고
파고들어 마침내
거대한 바위를
두 동강 내고 만다

누구나 물은 될 수 있지만
얼음으로 변신할
80칼로리를 흔쾌히
투척할 대장부는 흔치 않다.

못나게

아까운 정신 한 알
죽음의 바다에 빠뜨렸네요
이 세상은 좀 더 어두워지고
바다 밑은 조금 환해지겠지요
주위가 어두워지고 나서야
보석이 사라진 걸 깨닫네요
못나게

세상은 어두운 난지도
항상 미처 깨닫지 못한 폐기물로만
잔뜩 쌓여 있고
인간은 장님처럼 동굴 벽을
더듬고 있네요
그토록 고매한 사람
항상 공기처럼 옆에 있었는데
시기 질투만 하며 허송세월 보냈네요
못나게.

3부

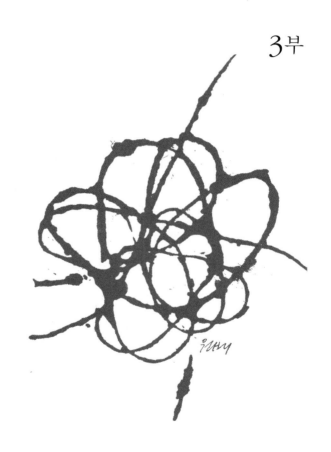

무덤 속까지 지니고 갈 비밀은 없어요

무덤 속까지 지니고 갈 비밀은 없어요
유리컵에 비밀을 가득 채우고
무덤까지 갈 생각은 마세요
인생 돌길에
유리컵 속비밀은 찰랑거리고
발밑은 흔들리고
무덤까지는 너무 멀어요
엎어지지 않으려고
엎지른 비밀에
아랫도리는 흠뻑 젖겠지요
애당초 물컵은 두고 가야죠
그냥 시원하게 따라 드시고
출렁거리는 배포로
길을 떠나세요
물 한 컵 배달한들
무덤은 수취 불명인
무엇이 부끄럽고
무엇이 두렵겠어요.

CH$_4$N$_2$O

축복받을지니
네가 자리를 비운 동안
아무도 네 부재를
크게 느끼지 않았다면

축복받을지니
어디에 앉아도
남들이 네가 누군지 몰라
갸우뚱한다면

축복받을지니
네가 걸어가는 동안
바람 적절히 불어와
주위 공기가 오염되지 않았다면

축복받을지니
네가 죽을 때
너의 빈자리가 더욱 크게 느껴진다는 둥둥

조사가 낭송되지 않는다면

평생 큰 자리를 차지한 사람은
주위를 옹색하게 칼잠 자게 하였으니

있는 듯
없는 듯
바람처럼
구름처럼
떠돌다
탄수질산소
CH_4N_2O로
환원생하자꾸나.

글쎄 이 운전기사를 믿으시라니까요

먼저 타셨으니까 먼저 내리셔야죠
아— 담배는 태우셔도 돼요
물론 음주도 가능하고요
경로석 손님 중에는 종점까지 가보시겠다고 기어이
금연 금주 규칙을 지키시는 분들도
요즘 많이 느셨지만
시골길 그냥 한두 정거장 차이죠
어차피 모두 내려야 하는 거니까요
first come first served
원칙은 꼭 지키도록 애를 쓰죠
저희들 임무는 되도록 순서대로 하차시키는 것이니까요
중간에 버스 요금 안 내려고
또는 차멀미가 나서
뒤 창문으로 뛰어내리는 젊은이도 요즘
가끔 보이지만
제가 어디 탑승료를 강제로 징수하는 것 봤어요
각기 능력껏 내는 거지요
멀미야 울퉁불퉁 비포장도로 지날 땐

으레 일으키지만
곧 경치 좋은 포장도로도 나오는데
왜들 그렇게 성급한지
글쎄 이 운전기사를 믿어보시라니까요.

이 세상의 작업 총량

이 세상의 작업 총량은 얼마큼 되기에
이른 아침부터 밤늦게까지 처리하고
또 처리해도 끝날 줄 모르는가
일감이 지구인이 감당하지 못할 정도로
지구보다는 크고 무거운 건 의심의 여지가 없겠지
어쩌면 목성의 덩치에 깔렸는지도 몰라

이 숨 막히게 아름다운 지구 별에 승선하여
목성 덩치에 깔리고 목성 협박에 눌려
목성 지시에 따라 목성 일만 처리해주다
지구를 제대로 밟아보며
지구를 제대로 알아보기도 전 졸지에
지구에서 쫓겨나는 건 너무 억울한 일
목성의 것은 목성에게로
지구의 것은 지구에게로
예쁜 별 지구에 머무르는 동안
지구 일만 챙기며
해 뜬 후 일 나가고 해 진 후 일 파해

지구적 희열을 맛보자

왜 내가 지구 별에 승선했으며
지구 별은 어떤 식으로 돌아가며
지구 사람들이 좋아하는 것과 싫어하는 건 무엇이며
지구 별에서 하선하면 어느 별로 가는지도 물어보는
등등등등 가가가가
신나게 지구 일 챙기며
실컷 웃다가 숨 좀 고른 뒤
다음 별로 가는 승선 티켓을 끊자.

귀성열차

그는 돌아가셨지만
돌아서 가시지는 않았다
아직도 나에 대한 사랑은 식지 않았고
돌아가실 때도 옛날 서울역
추석 귀성열차에 오르면서
잡던 그 손아귀 힘으로
뒤를 부탁한다며
내 손을 꼭 거머쥐었으니
그가 탄 열차는 지금쯤
어느 간이역에서 멈춰 섰을까?
의자도 없는 역 구내 우동집에서
서서 한 젓가락 하며
떠나온 이 세상 쪽을 뒤돌아보고 있을까?
이승의 치매기로 잃어버릴까 봐
손에 꼭 쥔 기차표의 종착역은 어디일까?
초행길도 강제 이주도 아니고
눈앞에 삼삼히 떠오르는
고향으로 돌아가시는 길이니

낯설진 않을 거야
이승의 호된 타향살이
등 뒤로 하고 떠나는
고향길이니 심장 없는 영혼의 가슴이나마
두근거릴지도 몰라
먼저 가 계신 부모 형제가 기다리는
고향으로 돌아가니까.

hysteresis

차암 징하게
냉정한 것들이 있지라

육신이 스러지고
영혼이 흩어진 이후에도
그 자리에 퍼질고 앉아
주인이 죽었건 말았건
지 할 일 묵묵히 계속 수행하는
얼척없는 싸가지들

봄날
몸통 벌목된 참나무
그루터기를 뒤덮는 황갈색 수액
뿌리는 콧노래 흥얼대며
끊임없이 퍼 올려대며

무덤 속
썩어가는 시체에서

자라는 손톱과 머리카락
피부는 진양조로
단백질을 퍼 올려쌓고.

오리 살처분

까불락거리며
모래 미끄럼 타는 오리들
꼬리도 흔들며
오랜만에 지옥 같은
오리장 우리에서 벗어나니
신이 나서
옆 친구와 까불락거리며
수다도 떨며
살처분 매장지로 신나게
미끄럼 타는
오리들

우리들
미끄럼 타는
영혼 처분 매장지로 신나게
허풍도 치며
옆 친구와 까불락거리며
신이 나서

오랜만에 지옥 같은
세상 우리에서 벗어나니
손도 흔들며
모래 미끄럼 타는 우리들
까불락거리며.

시한부 인생

시간은 고갯마루마다
호랑이처럼 득달하며
떡 하나 주면 안 잡아먹지

내 광주리 남은 떡은 몇 개 없고
아직도 내 집까지 남은 고개는
떡 개수를 넘어서는데
호랑이 시간은 고갯마루마다 앉아서
떡 하나 주면 안 잡아먹지

떡은 핑계에 불과
쏜살같이 나를 앞질러 가는 저 호랑이
필시 내 몸뚱아리를 노리는 것이리라
오른팔과 왼팔
오른 다리와 왼 다리
다 던져주고 나면
몸뚱아릴 굴러 고갯마루에 이르겠지

저 아래 고향 집 불빛이 보이는 산마루
눈에 넣어도 아프지 않을
고사리손 흔드는
손주들 안아줄 내 몸뚱아리 덥석
호랑이 아가리 속으로 들어가겠지.

내 영혼의 수의

폭설 쏟아지는
월요일 아침
출근 시간

경이로운 설경을
배경으로

목발 두 개
허공에 흔들거리는 발 하나

목발 고무판은
눈길에 미끈거리고

남은 까치발로
걸어가는 사나이

빛과 어둠으로 가득한 세상
등지는 순간

미안함의 한숨과
감사의 감탄사가

내 떠나는 영혼의
수의로 입혀지길.

119

늙은 우리 아파트엔
119 차가 자주 출몰해요
저승사자 시다바리인 양
조종 사이렌을 울리며
얼굴을 빼꼼히 내밀곤 해요
아파트보단 길고
측백보다는 짧은 목숨을 가진 생물
그 심장이 일손을 놓아버린 거지요
눈을 부라리고
사이렌으로 호통을 치니
심장은 오그라들고
풀썩풀썩 엉덩방아 찧으며
그저 선처만 바란다고
90년을 달려 이젠
완전 녹초가 되었으니
쉬게 해달라고
싹싹 빌어도
생물은 더 달리고 싶어

감히 어느 안전 앞에서

호통치며

인공심장박동기로 가슴을 치네.

마지막 로또

얼큰히 취한 상태에서
무단 횡단 하다 차에 치여
그는 저세상으로 떠나는 여행
티켓에 당첨되었다

여행사를 통해
비자 발급 신청할 틈도 없이
순식간에 맞은 로또

여행은 그에게 언제나 익숙했고
이 세상도 그에겐 여인숙이었으니
잠시 밤이슬을 피하기 위한
저세상의 나그네

지붕이 있는 여관에서 묵는 건
다반사라고 응급실에서
졸지에 여행 짐을 꾸리면서 중얼거렸다

이 세상이나 저세상이나
아름다운 세상
훌쩍 떠나며 아쉬워하고
정붙이들 그리워하며
차리는 행장.

연지 공양

손가락이 없으면
혈이 막혀 잔병을 자주 앓아
다 부질없는 짓이지
라고 아주 완만한 유속으로
평야를 안고서 쓰다듬으며
법문은 진리의 바다로 흘러들어 간다
스님의 상류도 무념무상이었을까?
젊은 시절
가파른 마음의 물줄기가 급류를 이루다
이윽고 다다른 절벽 백척간두
마음과 몸을 절벽 아래로 내던져
폭포를 이루고 굉음과 동시에
선연히 무지개를 피어 올렸을 거야
큰 강을 이루기 위해
합장한 두 손 중 한 손을 떼어내어
손가락 다섯 개를
촛농과 같이 녹아내리게 하니
일타 스님 뭉툭한 오른손에서

선연히 떠오르는
박연폭포의 쌍무지개.

참선

책상다리 한쪽 놀아
책을 올려놓을 수 없네
못으로 박아 훈계했네

놀고 있는 내 마음 한쪽
덜컹거리며 바람 들이치는데
못을 박을 수 없네

놀고 놀다 떨어진 마음 한 조각
바닥에 굴러다녀도
주워 붙일 수 없네

달아난 마음
제대로 놀지도 못 하고
기웃기웃 해는 넘어가네

허리를 곧추세우고
단전에 힘을 모으고

마음의 심을 박네

놀던 마음자리 잡고
안개 낀 머리 걷혀지고
생사가 분명하네.

신앙 고백

몸뚱이만큼의
부력으로
헤엄쳐 가네

물 위로 치켜든 머리
무거워지는데
발끝이 닿지 않네

물 위로 들이민 코
숨은 가빠지는데
발끝이 닿지 않네

희미해지는 부력
발버둥 치는 몸뚱이
발끝이 닿지 않네

절대자 없는 자맥질로는
저편 언덕에

손 닿을 수 없네
익사하네.

새벽 예불

새벽 예불
부화하는 범종 울림

퍼덕거리는 비둘기
날갯짓

도솔천까지
비상하는데

목탁 소리
낙숫물 떨어지는 소리

심장에 똑똑
떨어져

박힌 가시들
빼내지 못해

부단히 안쓰러운
아침 예불 가부좌.

천애 윤락인

천애 절벽 위에 던져놓은
고무공처럼
위험한 사람아
바람 한 점만 불어도
피가 얼어붙는 듯
가슴 조여오는구나

옛 선지식들은
횡격막 속 절벽 아래를
내려다보며
그 현기증으로
들숨 삶
날숨 죽음
기절했는데

낭떠러지에서
그냥 떨어지는 인생
절벽인 줄도 모르고

건들건들
흥얼흥얼
한세상 보내고 있구려.

모기 선사

마음의 불을 끄면
모기는 윙윙 얼굴을 공격한다
마음의 불을 켜면
모기는 하얀 천장
어느 구석에서도 찾을 수 없다
불을 끄면
윙윙 공습은 다시 시작되고
나는 애꿎은 내 뺨을 친다

불을 켜면 사라지고
불을 끄면 뺨을 치고
불을 켜면 사라지고
불을 끄면 뺨을 치며

자책한다
삼독의 어둠에 머물지 말고
모기 선사의 가르침 받아
마음속 법의 등불을
환히 환희 밝혀서 나아가라.

묵언 수행

연못에 떨어지는 빗방울이
겁먹은 아이처럼
호동그레
동그라미를 새긴다

풀섶에 떨어져
그냥 물방울로 잠시
매달려 있다
아침 햇살에 스러지고 싶은데

파문을 일으키지 않으려고
수줍은 아이처럼
살짝 앉으려는데

기어이
소리까지 내어
들켜버리구나
동그란 어깨선을.

우화등선

해우소는 변소나 화장실보다 좋다
받침이 없어 좋다
발목을 잡을 받침이 없으니
공중에 떠다니는 기분
살아가며 받침대를 마련하기 위해
그 얼마나 근심이 쌓였던가
받침이 없는 해우소에서
받침이 없이 후유하면
근심이 쉽게 풀릴 수밖에

받침대는 받침대이므로
당연히 받침을 두 개나 가지고 있지만
왜 내 이름은 도가 넘치게
받침대를 세 개나 가지고 있는가?
부질없이 준비만 하는 범생이 삶
귀가 웅웅대는 받침 두 개에
니은 받침 하나 있으니
그저 귀만 송신스러울 뿐

살아가는 데 훼방만 놓는다

받침이 없이
근본도 모르는 놈으로
둥둥 떠다니며 살다가
신발 받침대는 물론
신발마저 벗어놓고
우화등선하고 싶다.

히말라야 정신

우리 모두에게
각자 히말라야가 있으나
누구나 히말라야 정상을 오르는 건 아니다
정상에 걸맞은
히말라야 정신으로
고소공포증을 극복해야 하기에

고시 전날 밤 붙으면 머하노 하며
술 마셔버린 고시생
오케스트라 데뷔 날 게임방으로
잠적한 바이올리니스트
PGA 18번 홀 서든 데쓰 오십 센티 퍼팅을
날려버린 프로 골퍼

모두 산 정상에 떠도는
산소의 희박함을
견디지 못한다
히말라야 정신은

정상을 지우는 마음
옮기는 걸음을 다만
숭고하게 사랑할 뿐

정상 정복에 목을 매던
산기슭 정신은 고소증 환자
산소 풍족한 기슭에서 옹기종기
엉켜 살아갈 운명인 것임을
어차피 허무주의를 입가에 달고 다니며

그라모 머하는데
이래 죽으나 저래 죽으나
썩는 건 마찬가진데
라고.

고적

살아 있는 동안
주위에서 칭찬받을 생각
품지도 마라
외롭고 고달픈 고흐처럼
고독과 씨름해라
오로지 오기로
남의 백안시를 불쏘시개로
용광로를 가열시켜
생각의 불순물을 녹여버려라
온도가 높을수록
불꽃은 더욱 차갑고 파르스름한
오기로 타오르려느니

차라리
자연의 고적을 즐겨라
인간세계의 아귀들은
너를 비참한 고독의 늪으로 밀어 넣으나
자연의 정든 무관심은

너를 영혼의 정상까지 올려줄 것이니
사회의 진창에 빠져 허우적대지 말고
자연 속에서 홀로 하라
옷에 던져진 댓잎의 그림자를 보고
달이 떴음을 알아채는
당나라 어느 시인처럼.

그 많은 모래들은 어디서부터 왔을까?

구두에 발을 끼우기가 무섭게
차오르는 모래들
구두를 신을 수 없다
맨발로 걸어야만 하는 인생
어처구니없이
그 많은 모래들은 어디서부터 왔을까?
고양이 같은 아내와
토끼 같은 자식이 뛰노는
작은 정원 어디에서 모래는 솟아나는가
샘솟듯 모래는 신발 안으로 스며들고
자꾸만 미끄러져 헛딛는 발걸음
모래사장도 아닌 인생길
신발 속에서 모래는 샘솟듯 솟아나고
발걸음을 옮길 수 없다.

말의 무게

하루 종일 뱉은 말들을 주워 담아
천칭 저울에 올려놓는다
귀퉁이가 달아났거나 짓뭉개진 말들은
아마 술자리에서 내뱉은 말인 듯
껍질이 벗겨져 멍이 든 말들은
섭섭한 친구의 뻔뻔함에 분노하여
마구 퍼부은 말인 듯
낱말들을 낱낱이 만져보며
쓰다듬어 보나 이미 흠집 생겨
상품 가치 잃은 말들
시장에 자랑스럽게 진열하지 못 하고
나 혼자 굽거나 삶아 먹어야 할 말들
후회하는 마음을 꺼내어 반대편 천칭에
쌓고 쌓아도 이미 기울어진 천칭은
균형을 잃고 한없이 한없이 가라앉는다.

하늘채

천불동
네 시간 길을 터덜터덜
하늘채를 보면서 하늘 단어가 떠오르지 않아
비 맞은 중처럼 중얼거린다
무우채 뜰안채 채선당

기암절벽
위 새파란 하늘에 넋을 빼앗기고도
하늘 단어가 떠오르지 않아
망연자실 중얼중얼
무우채 뜰안채 채선당

머리사장
모래톱의 참게들은 뿔뿔이 흩어져
제각각 제 구멍으로 사라져버리고
머리사장은 하얗게 부는 모래바람만 가득
게 구멍을 나뭇가지로 쑤셔도
게는 보이지 않고

무우채 뜰안채 채선당

순간
갈대숲 가장자리 게 구멍에서
덜떨어진 게 한 마리
이제 상황 종료인가 알아보려
집게 가위 팔 하늘로 치켜든다

아하
하늘채!
절경은 머리를 하얗게 하여
말문을 턱 막는다.

용대리 오후

여기서는 오후가 지나가는 게 손에 잡히네요
도시엔 오전도 오후도 없이 업무만 있지요
해가 낮아지면서
사춘기 아이처럼 쑥쑥 그림자가 자라고
나무들은 기특하다는 듯 손을 흔들어주네요
아침의 산바람이
이제 부드러운 저녁 들바람으로 바뀐 덕택에

도시의 오후는 빌딩과 숨바꼭질하느라
사람들은 바뀐 신호 챙기느라
종종걸음 치며 하늘을 보지 않으니까요
하늘을 멍하니 올려보며 자연에 옆 눈 주다가
차에 치여 죽는다고
자연사라고 하지 않잖아요

여기는 나보다 훨씬 연세 잡수신
해송 자작나무들이 빽빽이 들어선 양로원이라
내 나이로는 명함도 못 내밀고

용대리 휴양림 문간에 서서
계면쩍게 안을 들여다보고 있네요

도시에서는 죽을 둥 살 둥
삶과 죽음의 비빔밥에 그악스러운 숟가락질이죠
이 양로원에 들어오면
죽음보다 잠이 밤하늘에 별똥별 쏟아지듯
황홀한 꿈 꾸네요
늦은 해가 나무 하나하나 얼굴을 쓰다듬으며
저쪽 산 너머로 걸어서 내려가네요.

숲 속의 호랑이처럼

숲 속의 호랑이처럼
배를 땅에 깔고
앞다리를 모으고
꼬리를 흔들며
눈은 들판의 초식동물을 따라가며
순간 도약 직전
호랑이의 웅크림으로
나의 시간이 가볍게 떨어주길

백 미터 출발 선상의 주자처럼
두 팔로 땅을 짚고
왼 무릎을 꿇고
오른 다리를 뻗어
눈은 결승 테이프에 고정시킨
주자의 크라우칭 스탠스로
나의 시간이 팽팽히 휘어지길

사냥감을 이빨로 찍기 직전

결승 테이프를 끊기 직전의
시간들로 나의 삶이 엮어지길
그 앞이나 뒤는 자투리 시간
헝겊으로 쓰이길.

송어 낚시

낮에 나는 낚시꾼이 되어
가짜 파리 미끼를 끼워 유혹한 후
루어낚시로 송어를 낚아챈다
팽팽한 손맛으로 저릿저릿해진다

밤이 되면 나는 송어로 변신한다
가짜가 아닌 참이슬 미끼를 끼워 던지는
주모의 캐스팅에
어탕집을 피해 갈 송어는 없다
주모는 손맛을 볼 틈도 없이 단번에
낚아채 버린다

인간은 생각하는 갈대라는데
갈대 속에서 자란 송어를 당해낼 수 없다
물살을 가르며 버티는 송어식 저항
몸부림 한 차례 치르지 않고
주막 문을 발로 차고선 바로
주모의 살림망으로 몸을 던져버린다
송어를 존경하기로 했다.

똥은 싸고 볼 일이다

똥을 싸듯이 시도 싸라
허겁지겁 허리춤 풀어젖히며
백주에 노상 방변 하지 말고
어차피 볼일을 보는 거니
숲 속 아늑한 곳에서
점잖게 가래떡으로 밀어내는 것이다
시집을 내며
광고를 하고
출판기념회를 열고
오두방정 엉덩이 떨지도
들이밀지도 말고
조용히 숲 속에서
남에게 들키지 않게
느긋이
똥을 한 무더기 배설하는 것이다
똥은 당장에 고약하지만
숲의 나무를 키우니
일단 똥은 싸고 볼 일이고
볼일은 봐야 한다.

산골의 하루

산골의 새벽은 나만의 방에
불을 켜지 않아야 다가온다
어둡고 겸허한 방
불을 켜는 순간 사라질 운명의
여명은 산의 윤곽을 드러내고
숲의 속살을 비춰주고
나무 하나하나 바로 세워준다
그리고 태양 빛이 터져 나오면서
나무 밑 돌멩이들이 재잘거리며
유치원 아이들처럼 미소를 띠운다
돌멩이의 미소에 답하듯 나도 비로소
내면의 방 스위치를 올린다

산골의 저녁은
나만의 방에 불을 켜지 않아야 내린다
어둡고 아름다운 방
불을 켜는 순간 사라질
노을은 빨간 물감으로

낟알을 쪼는 들새들의
마지막 초상화를 그리고
곡식 낟가리에 음영을 집어넣고
들판과 산이 맞닿는 기슭을
한 땀 한 땀 온박음질하고
산과 하늘이 닿는 이음매를
공그르기 했을 때 나도 마침내
내면의 방 스위치를 올린다.

시골의 시간

도시에서는 시간이 미친개처럼
침을 질질 흘리며
내 뒤를 밟다가
컹컹거리며 우물쭈물한
내 뒤 발꿈치를 물어버린다
깡충깡충 미친개 이빨을 피하며
이저리 쫓겨 다니다
때로는 자포자기 상태
가쁜 숨 몰아쉬며
포장마차에 으르렁거리는 미친개의
목덜미를 쓰다듬으며
깡소주를 들이붓는다

여기 시골에선 내가 시간을 쫓아다닌다
시냇물처럼 재잘대며 흐르는 이 여인을
어찌 사랑하지 않을 수 있으랴
발목을 담그면 간질여주고
조용히 흐를 땐 구름도 띄워준다

지나버린 형상에 집착 말라고
코끼리건 장미꽃이건 어릿광대건
시냇물처럼 구름처럼 흘러갈 따름이라고
이 영원한 아름다움에 점차
깊이깊이 빠져든다.

다시 이십 대로 돌아간다면

다시 이십대로 돌아간다면
옛날 풋머리 아닌
반백 년 잘 익은 머리를 가져가서
그 젊은 몸뚱이 위에 올려놓고 싶어
변덕과 충동으로 만화방창했던
봄이었지만 너무 길었다
열매를 맺을 시간이 절대 부족했었다
시간을 강물 퍼내듯 쓰지 않고
수도꼭지를 항상 잠글 준비 하며
경박한 친구보다 먼지 두꺼운 책을 가까이하며
여러 여인의 섬들을 항해하기보다
한 여인 속의 오대양 육대주를 탐험하게 되기를
연속극보다 뮤지컬을
뮤지컬보다 연극을
희극보다 비극을
비극보다 부조리극을 탐닉하리라
티브이 쇼윈도 철학자보다
페북의 뒷골목 골동품 가게 철학자를 팔로우하리라

범람하는 쾌락에 팔목시계까지 띄워 보낸
야심한 술집보다
나의 지상의 체류 시간이 바를 正正正 자로 새겨지는
나무가 서 있는 고요의 숲을 찾으리라
아무튼 시간에 대해선
예수나 부처 못지않은 고리대금업자가 되리라.

포대화상

노송처럼 다리를 꼬고
한 가지엔 책 한 권
다른 가지엔 술 한 잔 올려놓고 웃으리라
포대화상처럼 껄껄
웃음에 씻겨나가는 먼지
솔잎은 윤기를 발하리라
굽은 소나무는 벌밭을
궁궐 재목이 못 되느니
더욱 땅으로 무릎을 낮추고
천수를 다하리라
못난 것들은 서로 무릎을 맞대도
마냥 좋아 낄낄
구르는 웃음 방울에
솔잎은 푸르러만 가리라.

에픽테토스식 냉장고 청소법

오래 묵은 냉장고에
반쯤 비운 와인병이 들어가고
이빨 자국 남은 샌드위치가 던져지고
어느덧 어느 한쪽에선 채소 썩는 냄새가 난다

냉장고를 버릴 순 없고
내부 청소를 해야 하나
온통 아까운 마음
선뜻 손이 가지 않는다

눈 딱 감고 냉장고를 통째로
재활용 센터에 기증할지언정
냉장고의 마음붙이들을
떼어내어 내버릴 순 없다

에픽테토스 방식
냉장고 청소법이 적힌 카탈로그가
아쉬운 어느 날.

대형 교회

돼지는 잡식성이라
돼지고기를 먹는다
고로
구유에 삼겹살 잔반을 섞지 말아야 한다
사람도 잡식성이지만
인육을 먹진 않는다
대신
사람의 영혼을 먹는다
구유의 예수님까지
먹어치운다
돼지의 내장은 유한하고
하루 세 끼로 포식 포만하지만
사람의 내장은 무한하고
매시간 먹어도
아귀처럼 걸신들려 먹어치운다
자기 아들까지 데려와서 먹인다
서울에 돼지우리보다 못한 성소들이 많다.

모래 알갱이 시

『영시암』을 펴냄으로 절집을 네 채나 지어 올리는 과분한 홍복을 누린다. 시詩는 언어로 지어 올린 절寺이다. 절간은 마을을 떠나 깊은 산중에 있다. 마을의 언어는 저잣거리에서 통용되며 이문을 남기려는 장사꾼의 말이다. 장사 언어는 타협과 흥정의 언어이다. 장사치는 자신의 목소리가 아닌 거래 규칙을 앵무새처럼 반복할 따름이다.

돈이라는 윤활유를 친 자본주의 톱니바퀴는 더할 나위 없이 매끄럽게 돌아간다. 출판사 사장은 삼류 시인의 싸구려 감상을 선정적인 광고 카피로 포장하여 팔아먹고 씨제이는 민족주의, 민주주의라는 고색창연한 옥합으로 영화를 포장하여 천만 개씩이나 팔아먹는다. 어느 쪽도 실존적 개인이 들어설 자리는 없다. 저잣거리에 나서면 똑같은 탈을 쓴 무리들이 더빙한 목소리로 웅웅거릴 따름.

가열차게 돌아가는 이윤 자본주의, 천민 민주주의의 두 톱니 바퀴 사이에 끼워 넣을 모래알 하나가 필요하다. 시가 바로 그 모래 알갱이이다. 기계 속에 끼인 모래 한 알이 기계를 멈출 순 없으며 이내 빻아져 먼지로 화할 것이다. 그러나 모래 한 알은 관성의 법칙으로 작동되는 거대한 메커니즘에 잠시 불편을 끼침으로써 이 메커니즘이 엄연히 작동하며 또 실재한다는 걸 깨닫게 해줄 것이다. 그리고 이 메커니즘을 상대화하고 나아가서는 이 메커니즘이 아닌 다른 방식으로 세상이 돌아갈 수도 있다는 착안까지 기대해볼 수 있다.

유발 하라리는 인간이 침팬지와 달리 상상력으로 허구 이야기를 빚어내어서 집단의 힘을 증폭시키는 사피엔스였기 때문에 지구의 주인공 자리를 차지했다고 주장한다. 여기서 허구를 꾸며내는 행위와 허구를 설득·전파하는 행위는 구별되어야 한다. 역사가 증명하듯 허구를 설득·전파하는 행위는 집단적 정치적 영역에서 일어나지만, 실재하지 않는 세계를 창조하는 허구 창작자는 사회에서 유리되고 불화하는 고독한 천재일 경우가 많다. 그의 사고와 언어는 자기 시대 랑그langue 틀을 벗어나 있기 때문이다.

우리 시대의 대중 취향은 최대의 이윤을 추구하는 자본가 기업에 의해 이미 항상 디자인되어 있다. 어리석은 대중 자신들만이 모를 따름이다. 한 걸음 더 나아가 좀 난해한 예술 작품을 대하면 엘리트 귀족주의적이라고 몰아붙이며 민주주의 시대에 시대착오적이라고 맹공한다. 니체가 말한 "시장 바닥에 들끓는 독파리 떼"이며 "말종 인간der letzte Mensch" 무리이다.

자본은 우리 시대 숭고한 존재로 부상했다. 자본의 작동 지배 방식은 인식 재현이 불가능하며 신성불가침이다. 포스트모던 숭고가 지배하는 세상에서 우리는 모두 실재Reality를 지각하고 재현하며 체험할 수 없다. 우리는 눈을 뜨고 있지만 청맹과니이다. 마치 성안에 들어가지 못하는 카프카 콩트 속의 시골 나그네처럼(「법 앞에서」).

필자가 자본주의 작동 방식을 통타하는 그 심리 이면에도 이 시집이 이런 방식으로 더 많이 팔렸으면 하는 위선적인 의도가 숨어 있음은 명백하며 심지어 이런 위악적인 고백까지도 상품화될 수밖에 없다. 보드리야르가 한탄하듯 우리는 현 체제를 벗어날 수 없다. 우리는 이미 자본의 기호 교환 거미줄에 걸린 나방에 불과하다. 그리하여 1부는 자본주의 생산 공정 과정에서 폐기 처분된 불량품에 대한 단상들이다. 2부는 사랑과 우정이라는 톱니바퀴에 모래 알갱이 끼워 넣기, 3부는 죽음과 신앙 기계에 대한 모래알 끼우기이다.

소득 3만 불 시대에 우리 주위엔 여전히 삶의 올무에 걸려 비명을 지르는 불량품들이 널려 있다. 올무를 친 밀렵자는 죄의식이 없이 "시골 허름한 주막에서 / 막걸리를 마시고 있을 게다 / 작부의 엉덩이를 치면서 / 애수의 소야곡을 부르고 있을 게다"(「올무」). 산짐승은 산짐승이고 인간은 인간이기 때문이다. 산짐승이 비명을 지르는 동안 마을에 있는 우리는 그 비명 소리를 듣지 못한다. 『농암집』에 한강 얼음을 깨 저장하는 장면이 나온다. 농암 김창협은 짚신에 홑바지를 입고서 강바닥에서 덜덜 떠는 인부들을 보며 가슴 아파한다. 그해 한여름 얼음을 향유하는 부자에게 경종을 울린다. 지금 길거리에서 더위와 허기로 쓰러져 죽어가는 사람들이 바로 네가 지금 입속에서 즐기고 있는 얼음을 지난겨울에 캐낸 사람들일지 모른다고. 그들은 산짐승이 아니며 네가 비록 올무를 친 당사자가 아니라도 세상은 연결되어 있다고.

이 시대의 부적응 불량품들은 그렇게 비명을 내지르며 고독하게 죽어간다. 그들도 한때는 인간이었는데,

무엇이 한때는 첫사랑 열기로
사흘 밤을 지새우게 했던
빨간 뺨의 미소년을
알코올 병에 담가버렸는가

무엇이 첫아기 무등을 태우고
방을 몇 바퀴씩 돌며
환히 웃던 어린 아비를
―「고독사」 중에서

"알코올 병에 담긴 / 산삼 같은 몸뚱아리"로 훼손했는가?

우리 모두는 포스트모던 숭고 시대를 살아가며, 이 거대한 메커니즘의 작동 방식은 우리의 인식 너머에 존재한다. 모든 인간 활동은 자본의 숭고한 힘에 의해 좌지우지되는데도 우리는 천치같이 웃으며 세월을 보낸다. 개장수의 의도를 짐작하지 못 하고 마구 좋아라고 짖어대는 유기견처럼,

트럭의 종점이 보신탕집인 줄은
더더구나 몰랐다
이 집 저 집에서 개 동무들이 끌려 나와
합승을 하고 우리는 꼬리를 치켜들고
서로를 쳐다보며 더욱 신나게 짖었다
　　　　　　　　―「유기견의 마지막 하루」 중에서

소주에 전 노숙자들,

가난한 인생
저어기 바지 왼 주머니
꼭 쥐고 걸어가는 노숙자
허름한 바지 주머니 터져
동냥 받은 오백 원짜리 세 개
동전 샐까 봐

꼬오옥 쥔 왼손

화알짝 펴진 얼굴

참이슬 한 병 사러 슈퍼 가는 길

허벅지 신경 쓰느라

왼 다리까지 절뚝거린다

―「파장 노름판」중에서

인간과 자연의 불화는 인간의 영원한 진리라는 걸 영시암은
들려준다. 설악산 영시암은 스님이 세운 절이 아니다. 원래 영
시불훤永矢弗諼이란 영원히 잊지 않고 명심하리라는 『시경詩經』
「위풍衛風」고반考槃 제2장에 나오는 구절이다.(전주대 박완식
교수가 귀띔해줌) 유학자 삼연 김창흡이 부친이 사약을 받는 등
정치 풍랑을 피해 설악산 수렴동으로 피난처를 구하고 암자를
지어 『시경』에서 한 구절을 따와서 영시암이라고 불렀다. 『시
경』의 화자는 대자연 속에서 홀로 잠들고 독백하고 노래 부르며
한가롭고 여유로운 삶을 즐긴다. 윤영춘 선생님의 번역을 본인
이 일상어로 풀어서 옮기면 아래와 같다.

衛風 考槃 제2장

계곡 속에서 지내는 즐거움이여 考槃在澗(고반재간)

깨친 임의 마음은 걸릴 게 없네 碩人之寬(석인지관)

140

홀로 잠들고 홀로 중얼거리며 　　獨寐寤言 (독매오언)
영원히 잊지 말자고 맹세하네 　　永矢弗諼 (영시불훤)

산언덕에서 지내는 즐거움이여 　　考槃在阿 (고반재아)
깨친 임의 마음은 한가로워 　　碩人之薖 (석인지과)
홀로 잠들고 홀로 노래하며 　　獨寐寤歌 (독매오가)
영원히 그르침 없이 살길 맹세하네 　　永矢弗過 (영시불과)

산기슭에서 지내는 즐거움이여 　　考槃在陸 (고반재륙)
깨친 임은 유유자적 거닐며 　　碩人之軸 (석인지축)

　20세기 황보 씨도 설악산이 좋아 영시암 건너편 수렴동 계곡 가에 오두막을 짓고 살았으나 가족이 생김으로써 자연과 인간을 둘 다 품을 순 없었다. 마누라는

아예 사람 들끓는 대처로
야반도주해버렸네
홀아비 황보 씨는 아직도
영시암 건너편 계곡에서
이미 영원히 시위를 떠나간 마누라를
기다리며 양지받이에서 졸고 있네
발 없는 바위처럼

내린천에 그림자를 늘어뜨리고.
　—「영시암」 중에서

　『시경』의 천석고황 시대는 지나갔고 자연과 물아일치가 되려
던 삼연 자신도 신선이 되지 못 하고 결국 아랫마을로 환속하게
된다. 우리도 둘 중 하나의 택일을 강요당하며 결국 그르친 삶
을 살 수밖에 없다.
　그르친 사랑을 수습하는 일도 난해한 일이다. 김유신은 자신
의 그르친 사랑을 연인 천관은 물론 애먼 자기 말에게 덮어씌운
다. 우리는 이러한 어처구니없는 폭력을 만명 부인의 엄격한 자
식 교육과 김유신의 결단력과 금욕적 의지로 둔갑시켜 칭송한
다. 이 세상에 천관은 널려 있는데.

　누군들 말의 목을 베고 싶지 않겠소
　취한 주인은 말을 재촉하고
　술 깬 주인은 말의 목을 치니
　말은 두 주인을 태우고 아뿔싸
　여기 사지에 이르렀구나
　인간도 아닌 동물이 어찌
　두 마음을 짐작이나 했겠소
　—「누군들 말의 목을 베고 싶지 않겠소」 중에서

어처구니없는 일은 우리 시대에도 만연해 있다. 자본적 사랑
은 어처구니 있게 사랑하는 것이다. 결혼도

어처구니 있게
돈도 달아보고
집안도 맞춰보고
재고 또 재고
다시 재고 하여
재고품 되기 전
웨딩마치를 올리나
인생 자체가 애당초
어처구니없는데
무슨 어처구니를 찾으려
쏘다니는가?
─「어처구니없는 부부」 중에서

서울의 냉기를 떨치기 위해 화주 한 잔을 목으로 삼킨다. 그
러나 맞은편엔 친구가 없다. 전화로 호출하니 친구는 천 리 밖
에서 나처럼 혼술을 들이켜고 있단다.

친구가 먼 타향에 있다고
우리 술잔을 부딪칠 때까지

기다리느라 금주를 해선 안 되네
내 마음 조각들이 그나마
몇 개씩 박혀 있는 친구들이랑
술을 가끔 마시게
한 달 내내 떠오르는 보름달이
어디 있는가
초승달과도 한잔하고
반달과도 잔 부딪치고
그러다 보면 탐스런
우리 보름달 건배가 언젠가
터져 나오겠지

오늘에사 밤하늘 중천엔
휘영청 보름달이 솟았는데
너와 나는 타향에서 각기
초승달 그믐달과 술잔을 나누고 있구나
차고 기우는 달 속에
기울이는 술잔
따르는 술병에
채워지는 술잔
잔 들어
옆자리 그믐달

높이 들어
하늘 중천 보름달
감싸서 들며
타향의 보름달 위해
건배를 외치자꾸나.
―「우리의 보름달을 위해 건배」 전문

　가끔씩 죽은 친구가 꿈에 나타나 한잔하잔다. 꿈속 술자리가
좋은 것은 계산할 필요가 없다는 것이다. 꿈속 카드는 은행 청
구서가 날아오지 않으니. 살아생전 드나들던 노량진 수산시장
횟집에서 거나하게 한잔한 기억이 그저 고마울 따름. 옹색하게
포장마차만 전전했더라면 꿈속의 술자리도 쩨쩨한 오뎅 술이
되었겠지.

고맙네
꿈속에 자주 왕림해주어,
쥐꼬리 같은 퇴직금으로
술추렴하기도 버거운데
어젯밤엔 노량진 수산시장에서
참돔회랑 꽃게탕이랑 푸짐하게 한 상 차렸네
계산이 솔찬히 나왔을 텐데
깨고 나니

술도 다 깼고
계산 다 끝났다네
주머니엔 묵직하게 아픈 영수증도 없고
―「꿈의 술자리」 중에서

　중국 속담에 사방 석 자 안에 품을 수 있는 만큼의 친구만 있어도 성공한 인생이라고 한다. 총 네 명을 넘지는 못하리라. 아무렴, 그러면 인생 대박이지. 우리 시대엔 친구도 이윤 추구 공생 관계인 듯 재판정에 나가서 서로 핏대 올려 소위 죽마고우에게 삿대질하는 장면을 보면 당사자는 물론 방청석도 억장이 무너진다. 그런 의미에서 언젠가 신문에 난 "친구야 친구야" 메시지는 그 발신자의 전 인생을 송두리째 허물어버리는 애소로 들렸다.

내가 죽으면
니도 죽는다
아이가
우리가 알라가
자중해라 지발
이 또한 지나갈 것이니
잠시만 혼자 덮어써라 지발
나중에 누가 또 니를 구해주겠노?

참자 참아 지발

아이고

돈을 잃는 건 조금 잃는 거지

니 돈 말이야

나는 돈 명예 권력 모두 가졌으니

막대하게 잃는다

아이가

자네가 잠시 참으소

아이고

친구야 친구야.

　　　　　　　　　—「친구야 친구야」 전문

　나에게 대장부의 기상을 가진 친구가 두엇 있다. 그들은 물처럼 겸손하고 얼음처럼 단단하고 당당하다. 나에게는 이 두 종류의 정신 변환이 경이롭기만 하다. 아마 이들은 물 1그램을 얼음으로 변환시키는 80칼로리를 영혼 깊이 내장하고 있나 보다.

　물처럼 아름다운 그는 머리 숙여

　낮은 곳으로만 흐르고

　담겨지는 그릇마다 기꺼이

　제 몸을 바꾸어준다

허나

아무리 큰 바위라도

불의엔 돌아 흐르지 않는다

마음을 겨울 혹한으로 몰아세우고

꽁꽁 얼린 몸으로

틈새로 스며들고

파고들어 마침내

거대한 바위를

두 동강 내고 만다

누구나 물은 될 수 있지만

얼음으로 변신할

80칼로리를 흔쾌히

투척할 대장부는 흔치 않다.

　　　　　　—「대장부」전문

　죽음과 애도는 대체로 엇박자이다. 친구 부음을 전해 들으면 아무 생각이 나지 않는다. 그냥 일상의 일을 계속하면서 이런 기이한 담담함에 대해 양심의 채찍을 휘두르며 질책한다. 그러다 단골 술집에서 친구의 죽은 혼이 옆 좌석 술손님에게 빙의하여 나타나면 느닷없이 설움이 복받쳐 오른다. 이게 여태껏 내가 알고 있던 나란 말인가?

계절이 바뀌고
혹한의 기억도 사라지고
우연히
오래간만에 들른 그 단골 술집에서
죽은 친구의 등짝과 옆 뿔테 안경을 본 순간
소스라치며 일어나다
털썩 주저앉는다

순간
커튼이 찢어지고
유리창이 깨어지며
맨발로 뜰을 나선다
앙상한 영혼의 가지를 얼싸안는다
여기는 우리 단골 술집
우리 엉덩이로 맨들맨들해진
의자는 고스란히 남아 있는데
너는 엉덩이도 없는 영혼으로
건배를 하는구나.
―「엉덩이 없는 영혼」 중에서

38억 년 전 고온 고압의 심해에 녹아 있던 물$_{H_2O}$, 메탄$_{CH_4}$, 암

모니아NH_a 등 무기물로부터 아미노산이 합성되어 자기 복제와 대사 활동이 가능한 유기물로 천지개벽할 변화가 일어나서 우주에 생명이 탄생했다고 과학자들은 주장한다. 인간의 죽음이란 결국 지구상 가장 화려한 유기체가 가역적으로 다시 무미건조한 CH_4N_2O로 환원하는 과정이 아닐까? 사람들은 아직 유기물이 지닌 영혼이 불멸하여 환생의 여행을 계속한다고 믿지만 영혼이 아닌 화학원소가 다른 생명체의 구성 요소로 환원하여 영원한 순환이 일어나는 게 아닐까? 그런 의미에서 우리 삶의 목표는 상相에 얽매이지 말고,

있는 듯
없는 듯
바람처럼
구름처럼
떠돌다
탄수질산소
CH_4N_2O로
환원생하자꾸나.
－「CH_4N_2O」 중에서

그러나 죽음은 과학자가 설명하듯 이토록 맥 빠지는 사건이 아니다. 죽음으로 가는 삶의 과정은 험난하기 짝이 없다. 아래

시에서는 장수 욕망, 자살 욕구 등 상충되는 욕망으로 들끓는 삶을 그리려고 하였다.

　　먼저 타셨으니까 먼저 내리셔야죠
　　아― 담배는 태우셔도 돼요
　　물론 음주도 가능하고요
　　경로석 손님 중에는 종점까지 가보시겠다고 기어이
　　금연 금주 규칙을 지키시는 분들도
　　요즘 많이 느셨지만
　　시골길 그냥 한두 정거장 차이죠
　　어차피 모두 내려야 하는 거니까요
　　first come first served
　　원칙은 꼭 지키도록 애를 쓰죠
　　저희들 임무는 되도록 순서대로 하차시키는 것이니까요
　　중간에 버스 요금 안 내려고
　　또는 차멀미가 나서
　　뒤 창문으로 뛰어내리는 젊은이도 요즘
　　가끔 보이지만
　　―「글쎄 이 운전기사를 믿으시라니까요」 중에서

　삶이 고단한 것은 아마 이 세상의 작업 총량이 버거워서일지 모른다. 우리는 괜스레 지구 일을 챙기지 않고 목성 덩치에 깔려 있는지 모른다.

이 세상의 작업 총량은 얼마큼 되기에
이른 아침부터 밤늦게까지 처리하고
또 처리해도 끝날 줄 모르는가
일감이 지구인이 감당하지 못할 정도로
지구보다는 크고 무거운 건 의심의 여지가 없겠지
어쩌면 목성의 덩치에 깔렸는지도 몰라

이 숨 막히게 아름다운 지구 별에 승선하여
목성 덩치에 깔리고 목성 협박에 눌려
목성 지시에 따라 목성 일만 처리해주다
지구를 제대로 밟아보며
지구를 제대로 알아보기도 전 졸지에
지구에서 쫓겨나는 건 너무 억울한 일
목성의 것은 목성에게로
지구의 것은 지구에게로
예쁜 별 지구에 머무르는 동안
지구 일만 챙기며
해 뜬 후 일 나가고 해 진 후 일 파해
지구적 희열을 맛보자
ㅡ「이 세상의 작업 총량」 중에서

미국인의 90퍼센트가 영혼 불멸과 천국을 믿듯 필자도 지인이나 친척이 죽으면 먼저 출발한 정도로 받아들인다. 특히 신산한 삶을 메꾸어나가다 죽게 되면 드디어 저세상에서 오히려 안락을 찾겠구나 하고 안도의 숨을 쉴 때도 있다. 아버님이 곡기를 끊으시고 명부의 땅으로 들어갈 행장을 꾸리고 있을 때 쓴 시인데 시집 출판 준비를 하는 동안 마침내 당신께서 어머니와 재회하기 위해 이 세상을 버리셨다.

그는 돌아가셨지만

돌아서 가시지는 않았다

아직도 나에 대한 사랑은 식지 않았고

돌아가실 때도 옛날 서울역

추석 귀성열차에 오르면서

잡던 그 손아귀 힘으로

뒤를 부탁한다며

내 손을 꼭 거머쥐었으니

그가 탄 열차는 지금쯤

어느 간이역에서 멈춰 섰을까?

의자도 없는 역 구내 우동집에서

서서 한 젓가락 하며

떠나온 이 세상 쪽을 뒤돌아보고 있을까?

이승의 치매기로 잃어버릴까 봐

손에 꼭 쥔 기차표의 종착역은 어디일까?

초행길도 강제 이주도 아니고

눈앞에 삼삼히 떠오르는

고향으로 돌아가시는 길이니

낯설진 않을 거야

이승의 호된 타향살이

등 뒤로 하고 떠나는

고향길이니 심장 없는 영혼의 가슴이나마

두근거릴지도 몰라

먼저 가 계신 부모 형제가 기다리는

고향으로 돌아가니까.

　　　－「귀성열차」 전문

　삶과 죽음이 갈라지는 순간, 시간이 마지막 증인이다. 시간이 끊어지는 순간이 죽음이다. 그런 점에서 시간의 절벽 위에서 천 길 낭떠러지 죽음의 허공을 내려다보는 사람이 말기 암 환자이다. 절벽에 서서 발밑의 흙덩어리가 조금씩 무너져 내리는 걸 느끼는 환자는 등 뒤로 눈길을 돌려 걸어온 풀밭 길을 향한다. 주위 경관을 즐기지 못 하고 망상에 빠져 앞만 보고 달음박질한 자신을 뒤늦게 후회한다. 이제 시간은 호랑이이고 환자는 가여운 떡장수 할머니일 뿐,

내 광주리 남은 떡은 몇 개 없고

아직도 내 집까지 남은 고개는

떡 개수를 넘어서는데

호랑이 시간은 고갯마루마다 앉아서

떡 하나 주면 안 잡아먹지

―「시한부 인생」 중에서

사망의 어두운 골짜기를 밝게 비추는 것이 영성이고 종교이다. 찰스 테일러를 비롯한 포스트 세속주의자들postsecularists은 인간의 계몽적 이성이 그 휴머니즘적 성취에도 불구하고 자연, 종교, 신화 등 전통적인 영성의 영역을 적으로 삼고 심대하게 훼손한 결과 우리 시대에 충만된 삶fuller life을 상실했다고 주장한다. 우리 주위 영성이 가득한 도인들은 기독교이건 불교이건 종교적 진리 여부를 떠나 나 같은 범인을 숨 막히는 경이감으로 휩싼다. 필자가 해인사로 동국대 신임 교수 연수회에 참석했을 때 강설한 일타 스님이 그런 분이다. 리처드 도킨스나 대니얼 데닛을 알 필요 없었던 일타 스님은 매우 행복한 수행자였다. 물론 알았다 하더라도 이 두 유물론자의 이론에 흔들리지 않았을 것이다. 애초에 인간 의식을 감각 소여의 해석에 기초한 지각 작용으로 보는 유물론자들과 말라식과 아뢰야식의 경지를 체득한 일타 스님과는 서 있는 발판이 완전히 다르니까. 이성과

유물론으로 인간의 의식을 아무리 나누어도 그 몫은 정수로 떨어지지 않는다. 무한한 소수점으로 남게 되리라.

손가락이 없으면
혈이 막혀 잔병을 자주 앓아
다 부질없는 짓이지
라고 아주 완만한 유속으로
평야를 안고서 쓰다듬으며
법문은 진리의 바다로 흘러들어 간다
스님의 상류도 무념무상이었을까?
젊은 시절
가파른 마음의 물줄기가 급류를 이루다
이윽고 다다른 절벽 백척간두
마음과 몸을 절벽 아래로 내던져
폭포를 이루고 굉음과 동시에
선연히 무지개를 피어 올렸을 거야
큰 강을 이루기 위해
합장한 두 손 중 한 손을 떼어내어
손가락 다섯 개를
촛농과 같이 녹아내리게 하니
일타 스님 뭉툭한 오른손에서
선연히 떠오르는

박연폭포의 쌍무지개.
　―「연지 공양」 전문

　절대자는 숭고한 크기를 지니고 인간은 먼지 덩어리에 불과
하다. 이 비대칭성으로 인해 인간은 종교를 머리로 담을 수 없지
만 믿지 않을 수 없다. 이 불가해한 삶의 강을 건너기 위해 몸뚱
아리 부피의 물 무게 부력에 해당하는 영성의 부력을 받지만 탐
진치의 중력은 인간을 강 속으로 밀어 넣고 마침내 익사시킨다.

　몸뚱이만큼의
　부력으로
　헤엄쳐 가네

　물 위로 치켜든 머리
　무거워지는데
　발끝이 닿지 않네

　물 위로 들이민 코
　숨은 가빠지는데
　발끝이 닿지 않네

　희미해지는 부력

발버둥 치는 몸뚱이
발끝이 닿지 않네

절대자 없는 자맥질로는
저편 언덕에
손 닿을 수 없네
익사하네.
　　―「신앙 고백」 전문

　그런 점에서 인간의 삶은 아슬아슬하기 짝이 없다. 백거이의
「비파행」에 나오는 천애윤락인 처지이다. 이 장시는 백거이가
비파 연주 여인과 자신이 각기 관직과 예술의 변방 지대로 밀려
나 삶의 의미를 상실하여 읊은 한탄조이지만 실존적 의미로 각
색하면 우리도 충만된 삶의 중심에서 밀려나 천 길 낭떠러지에
올려진 고무공인 줄도 모르고 허송세월 보내고 있는 형편이다.

천애 절벽 위에 던져놓은
고무공처럼
위험한 사람아
바람 한 점만 불어도
피가 얼어붙는 듯
가슴 조여오는구나

옛 선지식들은
횡격막 속 절벽 아래를
내려다보며
그 현기증으로
들숨 삶
날숨 죽음
기절했는데

낭떠러지에서
그냥 떨어지는 인생
절벽인 줄도 모르고
건들건들
흥얼흥얼
한세상 보내고 있구려.
―「천애 윤락인」 전문

　원배 형이 지금까지 총 세 편의 시집 삽화를 그려주셨다. 문인화로 치면 격조 높은 화폭에 엉터리 시구가 멋쩍게 옆에 서 있는 화폭이라 할 것이다. 정년을 하셨음에도 후배를 챙겨주셨다. 감사하기 그지없다.